VAQUEROS

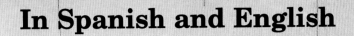

In Spanish and English

VAQUEROS

Written and Illustrated
by JAMES RICE

Translation by
ANA SMITH

PELICAN PUBLISHING COMPANY

Gretna 1998

The word "Pelican" and the depiction of a pelican are trademarks
of Pelican Publishing Company, Inc.,
and are registered in the U.S. Patent and Trademark Office.

Library of Congress Cataloging-in-Publication Data

Rice, James, 1934-
    Vaqueros / written and illustrated by James Rice ; translation by
Ana Smith.
       p.   cm.
    English and Spanish.
    Summary: A history of the cowboy in America from the time the
Spanish brought cattle to the New World in the 1500s through the
Civil War.
    ISBN 1-56554-309-2 (alk. paper)
    1. Cowboys—America—History—Juvenile literature. 2. America-
-Social life and customs—Juvenile literature. 3. Ranch life-
-America—Juvenile literature. [1. Cowboys. 2. Ranch life.
3. Spanish language materials—Bilingual.] I. Title.
E18.7.R63 1998
978'.009734—dc21
                                         97-37428
                                             CIP
                                             AC

Printed in Korea

Published by Pelican Publishing Company, Inc.
1101 Monroe Street, Gretna, Louisiana 70053

VAQUEROS

In the early 1500s, the Spanish brought cattle to the New World.

Chi Chi *dice,* "They gave no thought to the comfort of the poor cows."

A principios del siglo dieciseis (los años 1500), los españoles trajeron el ganado vacuno (las reses) al Nuevo Mundo.

Chi Chi dice: "Sin darle un momento de consideración a la comodidad de las reses."

The Spanish tried to take cattle with them as they explored this land but the cattle often strayed.

Los españoles llevaban su ganado en todas sus exploraciones de este nuevo territorio y muy amenudo extraviaban algunas de estas reses.

Chi Chi *dice*, "The explorers got tired, hot, and sweaty, so who sees when a few cows run away to greener pastures?"

Chi Chi dice: "Los exploradores estaban cansados, acalorados, y sudorosos, asi es que, ¿quien se fijaba cuando algunas de las vacas se iban en busca de pasturas más verdes y se perdían?"

Within twenty-five years, the cattle multiplied to many thousands. Charros (Spanish cowboys) claimed them and hired Indian herdsmen called "vaqueros."

Dentro de los siguientes veinticinco años, las reses extraviadas se multiplicaron y llegaron a ser miles. Los Charros (jinetes españoles) se apoderaron de estas reses y emplearon a indios como manaderos para cuidarlas. Estos indios manaderos se llegaron a conocer como "vaqueros."

Chi Chi *dice,* "Those charros thought they ran things but the vaquero was the real main man."

Chi Chi dice: *"Esos charros creían que eran los que manejaban la hacienda, pero en realidad el vaquero era el que verdaderamente manejaba las manadas en la hacienda."*

Father Kino, called "the padre on horseback," and other Catholic priests taught the Indians to care for the cattle.

El Padre Kino, "El Padre Montado a Caballo," y otros sacerdotes católicos fueron los que entrenaron a los indios manaderos a manejar con destreza y habilidad a las reses.

Chi Chi *dice,* "That Father Kino, he was one strange-looking vaquero."

Chi Chi *dice:* "*Ese Padre Kino era un vaquero muy raro.*"

By the mid-1700s, Spanish caballeros (horsemen) owned hundreds of thousands of cattle. They hired Indians to work the cows from horseback.

A mediados del siglo dieciocho (los años 1700), los jinetes españoles poseían cientos de miles de reses. Estos jinetes fueron los que empezaron a usar caballos para manejar las manadas de reses y empleaban a los indios para hacerlo.

Chi Chi *dice*, "The vaquero may not have had the shoes, but he always had the spurs to show his pride in his profession."

Chi Chi dice: "El vaquero no tendría zapatos, pero tenía las espuelas para demostrar el orgullo que sentía por su oficio."

The horse culture spread among the Indians. The Comanches, fighting from horseback, became the most feared warriors on the plains.

Entre los indios se extendió el aprecio por la caballería. Los Comanches, llegaron a ser los guerreros mas temidos en las planicies, sobre todo cuando atacaban a caballo.

Chi Chi *dice,* "Those Comanches made the white man rue the day he let those first horses loose."

Chi Chi dice: "Esos Comanches hicieron que el hombre blanco se arrepintiera de haber dejado caballos abandonados en el campo."

Roping skills were first developed to catch and saddle horses.

Originalmente, el arte de lazar se desarrolló para atrapar y amansar a los caballos.

Chi Chi *dice*, "After the horse was roped and saddled, the real work started, when either the horse or vaquero was broken."

Chi Chi dice: "Después de lazar y ensillar al caballo comenzaba el verdadero trabajo, el trabajo de amansar. No siempre era el caballo el que quedaba manso."

One way to stop a runaway cow was to "tail it"—grab its tail from horseback, race ahead, and flip the beast over on its head.

Para detener una res desbocada, los vaqueros usaban una maniobra llamada "coleada." A caballo perseguían a la res y la agarraban por el rabo, entonces se adelantaban frente a la res para voltearla de cabeza por el rabo.

Chi Chi *dice*, "It made the boss man sad if the cow got hurt."

Chi Chi dice: *"El dueño se ponía triste si algo le pasaba a la res."*

Another way to stop a runaway was to "bust it"—throw a looped rope over its head, circle its feet, and throw it to the ground.

Chi Chi *dice,* "The boss man was still unhappy when the cow was so uncomfortable."

Otra maniobra para detener a una res desbocada era "pialarla o manganearla," lazaban a la res por la cabeza con una soga, la derribaban, y le ataban las patas.

Chi Chi dice: "El dueño se ponía triste si la res terminaba lastimada."

Vaqueros later limited their roping to the head or hind feet. Still later, "cutting horses" could control the cattle instead of ropes.

Chi Chi *dice,* "Now the boss was happy again."

Más adelante, los vaqueros aprendieron a lazar a las reses por la cabeza o las patas traseras únicamente. Aún más adelante, aprendieron a usar los caballos para atajar y controlar la manada en vez de usar lazos.

Chi Chi dice: "Ahora el dueño no tenía nada de que quejarse."

Riding gear was made especially for the vaqueros to handle cattle. Chaparreras, or chaps, were a standard part of their outfits. Better horns and tapaderos (stirrup covers) were added to the saddles.

El aparejo para montar a caballo fué especialmente diseñado para que los vaqueros estuvieran protegidos cuando arreaban las manadas. Para los caballos crearon mejores monturas con cabezas más grandes y estribos vaqueros (estribos con covertores para el pié).

Chi Chi *dice,* "Now everyone was protected from the rough brush except the poor horse."

Chi Chi dice: "Ahora todos estaban bien protegidos del matorral menos los pobres caballos."

One vaquero sport was called "baiting cattle." A bull was matched against a grizzly bear.

Chi Chi *dice,* "The vaqueros sure learned to keep their distance."

Uno de los pasatiempos que los vaqueros tenían era el de "cebar reses." Enfrentaban a una res en contra de un oso para verlos pelear.

Chi Chi dice: "Los vaqueros aprendieron a mantener su distancia."

In the early 1800s, the padres or priests had a large market for hides, bones, and tallow but not for meat. Tallow is fat that is used in making soap and candles. The herds increased again in the late 1800s.

Al principio del siglo diecinueve (los años 1800), los sacerdotes o padres vendían una gran cantidad de piel, huesos, y sebo de la res pero la carne no se vendía bien. El sebo de las reses se usaba para hacer jabón y para hacer velas. Las manadas de reses se multiplicaron aún más en las años 1800.

Chi Chi *dice,* "Getting the tallow was a dirty and greasy job that the Indian workers did not enjoy."

Chi Chi dice: "A los indios no les gustaba el trabajo de separar el sebo de la carne. Era un trabajo muy grasoso y sucio."

The boys left behind during the Civil War learned the vaquero skills. These Anglo (non-Spanish) youths were called "cowboys." Anglos now controlled the land, with millions of cattle but no market.

Los jóvenes que se quedaron atrás durante la Guerra Civil aprendieron las destrezas para hacerse vaqueros. Estos vaqueros que no eran españoles ni tampoco eran indios se llegaron a conocer como "cowboys." Ya para estas fechas el hombre blanco dominaba estas tierras con millones de reses y no tenían en donde venderlas.

Chi Chi *dice,* "The vaqueros did not realize they were training those who would take their place."

Chi Chi *dice:* "Los vaqueros no se dieron cuenta de que estaban entrenando a los hombres que los iban a reemplazar."

After the war, cattlemen started the big trail drives north to the railheads. The vaqueros were soon outnumbered by the cowboys they had trained.

Chi Chi *dice,* "Many a vaquero did not care for the long trail drive. His interest faded when he no longer owned the cattle he drove."

Después de la guerra, los ganaderos llevaban manadas enteras al norte para venderlas, creando rutas a los centros ferro-carrileros. Poco después los cowboys exedían en número a los vaqueros que los habían entrenado.

Chi Chi dice: "A muchos de los vaqueros no les gustaba ir al norte arreando las manadas. Los vaqueros, poco a poco fueron perdiendo interés en el ganado, así como fueron perdiendo el ganado que poseían."